CATALOGUE

DES

PEINTURES ET PASTELS

PAR FEU

Ch. MONGINOT

FAIENCES, PORCELAINES, BRONZES D'AMEUBLEMENT

CUIVRES

MEUBLES ANCIENS ET TAPISSERIES ANCIENNES

Ayant garni son Atelier

DONT LA VENTE, APRÈS DÉCÈS, AURA LIEU

HOTEL DROUOT, SALLE N° 1

Le Mardi 2 Avril 1901

à deux heures

COMMISSAIRE-PRISEUR	EXPERT
M° M. DELESTRE	**M. B. LASQUIN**
5, rue Saint-Georges	12, rue Laffitte

Chez lesquels on trouve le Catalogue

EXPOSITIONS

PARTICULIÈRE : *Le Dimanche 31 Mars 1901, de 1 h. 1/2 à 5 h. 1/2.*

PUBLIQUE : *Le Lundi 1er Avril 1901, de 1 h. 1/2 à 5 h. 1/2.*

Le présent Catalogue servira de Carte d'entrée à l'Exposition particulière

CONDITIONS DE LA VENTE

Elle sera faite au comptant.

Les acquéreurs paieront *dix pour cent* en sus des prix d'adjudication.

L'exposition mettant le public à même de se rendre compte de l'état des objets, il ne sera admis aucune réclamation, l'adjudication prononcée.

Paris. — Imp. de l'Art, E. Moreau et Cⁱᵉ, 41, rue de la Victoire.

Charles MONGINOT

1825-1900

Charles Monginot, dont l'atelier va tout à l'heure s'éparpiller aux enchères, a conduit la plus calme, la plus sereine, j'allais presque dire la plus hautaine vie d'artiste de ce siècle tourmenté. Il semblerait que, en lui, le dédain des choses, l'absence de passion, l'égalité d'humeur un peu méprisante, eussent voulu protester contre les cabotinages et les réclames outrancières. Jusque dans le choix de ses sujets tous simples, sans prétention, on devinait l'inattention pour les tentavives majeures ou décevantes. Son art était de couleur, de lumière, de vie intense; et, comme s'il eut pris de sa petite enfance au village de Brienne-Napoléon, où il était né en 1825, l'amour du beau soleil, des bêtes, des natures vibrantes et sincères, rien plus au monde ne l'occupa jamais que ces éléments immortels de la nature dominatrice et triomphante. A seize ans, ayant perdu son père, venu à Paris avec sa mère, il était entré à l'atelier de Couture. De l'élève au maître, une correspondante sympathie s'établit que la mort de Couture seule put rompre. Mais tant que leur amitié vécut, elle eut pour l'un et pour l'autre un charme exquis de conseils, d'aide morale, de féconde rivalité. Peut-être Monginot avait-il mieux percé que son ami le secret des sciences décoratives; sa palette avait, dès les premiers succès de ses expositions, forcé l'admiration des critiques les plus réservés. En 1855, lors de l'Exposition universelle, il avait juste trente ans, et

*

son œuvre papillonnante, ébouriffante, faite justement pour le beau monde de l'Empire nouveau qu'elle impressionnait, inspira à Théophile Gautier un accès de lyrisme assez rare : « Peu de peintres, dit-il, sont plus coloristes que Monginot. Il a trois ou quatre tableaux de fruits, de gibier et de poisson qui éblouissent. Ce sont des tons de nacre, d'ambre, de rubis, d'une richesse incroyable. La lumière pénètre les raisins, argente les turbots, dore les oranges, veloute le poil et les plumes, glace les feuillages, empourpre les grenades et rejaillit en rayonnements sur tous les objets. Les victuailles et les fruiteries s'éparpillent avec une opulence royale, et figureraient admirablement dans la salle à manger d'un palais. L'art a su rendre splendide, comme le ruissellement d'un écrin ouvert, l'étalage de Chabot transporté sur la toile ».

Cette couleur que le maître ciseleur décrit, avec une si belle puissance, tant d'artistes l'envient, qui pourtant ont eu par devers eux, et sur d'autres points, la part très belle. Gaillard, l'admirable graveur de l'*Homme à l'œillet*, du *Pape Pie IX*, de *Dom Guéranger*, l'ami sincère du peintre, — dont justement une épreuve d'estampe signée par lui figure dans cette vente — Gaillard déplore que la nature lui ait refusé le don précieux prodigué par elle à Monginot. On l'a vu longtemps venir à l'atelier de son ami, tenter sur la toile les roucoulades prodigieuses de tons, de glacis, d'empâtements exécutés par le peintre avec une virtuosité jamais lassée. Plusieurs des toiles ainsi admirées, copiées, étaient dans les réserves de Monginot; leur intérêt particulier se double de ces souvenirs. Et puis ne sait-on pas que Th. Couture a fait cette tête du *Médaillé*, à qui Monginot a seulement ajouté la sauce et le persil? Le *Paon revêtu* est, en soi, un morceau capital, d'un art que le modern style n'obscurcira point éternellement. La *Femme au traîneau*, c'est, après ces vingt-cinq ans, presque déjà un retour de style, un de ces tableaux, un instant démodés dans leurs costumes, mais que la curiosité ramène vite au premier rang. Je voudrais que les véritables amateurs sentissent bien que, cette vente une fois passée, un Monginot ne se retrouvera plus couramment, et que les enchères y reviendront plus tôt qu'on n'imagine, avec les folies et les rages qu'on sait.

Les plus grands Musées de France et de l'étranger ont devancé ces temps. Le Luxembourg possède une *Nature morte* de Monginot, Anvers *Une Chasse*, Nancy un *Printemps*, Tours un *Braconnier*, Poitiers un *Retour de chasse*, Troyes *La Dîme*, Périgueux *Un Massacre*, Nice *Les Convives inattendus*, Aurillac une *Redevance*. Toutes ces toiles ont été acquises par l'État. Puis Monginot avait décoré beaucoup d'hôtels célèbres, celui de Pailleron, ou celui de Pierre Véron, tant d'autres encore que sa palette avait ensoleillés et remplis de belle lumière limpide.

C'est là-bas, près de son lieu natal, dans son joli cottage de Dienville, qu'il est mort en septembre 1900. Le soleil lui avait été fidèle jusqu'au dernier moment ; la belle nature familière lui rendit hommage à son tombeau du petit cimetière.

Et ce ne sont pas seulement ses œuvres qui vont être vendues, mais aussi son chez soi, son intimité, des objets que le prix d'attachement et leur réelle valeur font très curieux et intéressants. Parmi ceux-ci des meubles, un secrétaire Louis XVI, en marqueterie, un grand meuble Louis XIII, un coffre gothique avec ses ferrures ; une tapisserie du XVIIᵉ siècle, exécutée à Bruxelles et portant le nom de Wauters. Ce ne sont pas là beaucoup de numéros, la qualité, le choix, en majoreront le nombre et l'importance.

Henri BOUCHOT.

DÉSIGNATION

ŒUVRES DE MONGINOT

PEINTURES

1 — *Au chaud !*

Nature morte.
(*Exposition décennale de 1900.*)
Toile signée à droite.
Haut., 95 cent.; larg., 1 m. 40 cent.

2 — *Un Massacre ! (Lapins au terrier.)*

(*Exposition décennale de 1900.*)
Toile signée à gauche.
Haut., 1 m. 65 cent.; larg., 95 cent.

3 — *Le Paon revestu.*

Toile décorative, signée à droite.
Haut , 3 m. 45 cent.; larg., 2 m. 50 cent.

4 — *La Femme au traineau.*

Toile décorative, signée à droite.
Haut., 2 m. 42 cent.; larg., 1 m. 62 cent.

5 — *Les Amis de la maison (Singe et Perroquets.)*

Toile décorative, signée à droite.
Haut., 2 mètres; larg., 1 m. 24 cent.

6 — *Dans les blés.*

Toile signée à droite.
Haut., 1 m. 60 cent.; larg., 1 mètre.

7 — *Médaillé!*

Signature à droite.
Toile. Haut., 1 m. 62 cent.; larg., 1 m. 15 cent.

8 — *Une Bonne pêche.*

Signé à droite.
Haut., 77 cent ; larg., 1 m. 17 cent.

9 — *Un Chemineau.*

Signé à droite.
Toile. Haut., 1 m. 38 cent.; larg., 90 cent.

10 — *Les Amis de la maison.*

Singe et petits chats jouant sous une fontaine.
Signé à droite.
Toile. Haut., 95 cent.; larg., 51 cent.

11 — *Les Amis de la maison.*

Chats et fleurs, harpe, robe japonnaise.
Toile signée à gauche.
Haut., 1 m. 60 cent.; larg., 1 mètre.

12 — *Les Amis de la maison.*

Chats et fleurs dans un intérieur Louis XV.
Signé à droite.

Haut., 32 cent.; larg., 46 cent.

13 — *Un coup de rabot! (Singerie.)*

Signé à gauche.

Haut., 56 cent.; larg., 31 cent.

14 — *Convoitise.*

Signé à droite.

Haut., 46 cent.; larg., 31 cent.

15 — *Truite saumonée.*

Signé à droite.

Haut., 56 cent.; larg., 82 cent.

16 — *Biscuits et raisins.*

Signé à droite.

Haut., 67 cent.; larg., 58 cent.

17 — *Une Truite.*

Signé à droite.

Haut., 54 cent.; larg., 81 cent.

18 — *Un Civet.*

Signé à droite.

Haut., 54 cent.; larg., 65 cent.

19 — *Tarte aux cerises.*

Signé à droite.

Haut., 60 cent.; larg., 71 cent.

20 — *Pêches.*

> Signé à droite.
>> Toile. Haut., 70 cent.; larg., 91 cent.

21 — *Melon au sucre.*

> Signé à droite.
>> Haut., 60 cent.; larg., 81 cent.

22 — *Nature morte.*

> Huîtres et salade.
> Signé à droite.
>> Panneau. Haut., 60 cent.; larg., 73 cent.

23 — *Pêches.*

> Signé à droite.
>> Haut., 48 cent.; larg., 65 cent.

24 — *Tête de Moine.*

>> Haut., 60 cent.; larg., 50 cent.

25 — *Enfant de chœur.*

> Toile signée à droite.
>> Haut., 1 m. 62 cent.; larg., 1 m. 20 cent.

26 — Paravent à trois feuilles, décorées de sujets de la série des *Amis de la maison*, par Ch. Monginot, monture de style Louis XVI, en bois sculpté et doré.

PASTELS

27 — *A la Broche Jacquot !*

    Singe plumant un perroquet.

    Salon de 1899.

    Signé à droite.

        Pastel. Haut., 70 cent.; larg., 50 cent.

28 — *Le Déjeuner de Bébé.*

    Signé à gauche.

        Pastel. Haut., 38 cent.; larg., 46 cent.

29 — *Chat épiant des oiseaux en cage.*

    Pastel, signé à droite.

        Haut., 45 cent.; larg., 52 cent.

30 — *Le Lapin et la Sarcelle.*

    Signé à droite.

        Pastel. Haut , 52 cent.; larg., 74 cent.

31 — *La Ronde de nuit !*

    Singe porteur d'une lanterne.

    Signé à droite.

        Pastel. Haut., 70 cent.; larg., 50 cent.

32 — *Tête de Négresse.*

    Dessin rehaussé de pastel.

DESSINS ET GRAVURES

PAR DIVERS ARTISTES

33 — MEISSONIER (?) Personnages Louis XV.
Dessin à la plume.

34 — MORIN (EDMOND). Dans les Champs.
Aquarelle.

35 — MORIN (EDMOND). Barques de pêcheurs sur la grève.
Aquarelle.

36 — PRUD'HON. Un Sonneur. Académie.
Beau dessin au crayon et à l'estompe.
(Provenant de la Collection Boisfremont.)

37 — GAILLARD. La Tête de cire du Musée Vicar de Lille.
Burin avant la lettre, avec dédicace de l'auteur.

38 — GAILLARD. Portrait de Léon XIII.
Burin avant la lettre, avec dédicace de l'auteur.

39 — BIDA. Les Juifs devant le mur du Temple, à Jérusalem.
Gravure.

40 — TITIEN (D'après le). La Mise au tombeau.
Gravure.

FAIENCES ET PORCELAINES

ANCIENNES

41 — Bannette en ancienne faïence de Rouen, à riche décor polychrome, offrant une corbeille au centre; des guirlandes, des draperies et des lambrequins sur le bord.

42 — Petite bannette en vieux Rouen, à décor de style chinois et bordure polychrome, à réserves sur fond bleu. Marque de Guilibeau.

43 à 45 — Trois plats ovales, de dimensions variées, et un plat rond en vieux Rouen, décor polychrome dit à la Corne.

46 — Plat en vieux Rouen, à bord contourné et décor bleu.

47 — Deux petits compotiers en vieux Rouen, décor polychrome dit à la corne et bord festonné.

48 — Deux petits plats en faïence hispano-moresque, à reflets mordorés.

49 — Soupière ovale et son plateau en ancienne faïence de Strasbourg, à ornements rocailles en relief, décor de fleurs en couleurs avec bordure en violet.

Le bouton du couvercle formé d'un artichaut.

50 — Soupière ovale en faïence du Midi, à décor de
fleurs.

51 — Six pots à crème et un plateau en faïence
blanche de Lorraine.

52 — Plat rond en ancienne faïence de Delft, à décor bleu, de style Chinois.

53 — Plat en ancienne faïence de Delft, à décor
bleu.

54 — Fontaine et un bassin en ancienne faïence de
Rouen, décor polychrome.

55 — Jardinière, saladier, broc et pièces diverses
en faïences de Rouen et autres.

56 — Soupière ovale en ancienne porcelaine de
Saxe, à bordure gaufrée et décor de fleurs ; le
bouton du couvercle formé par un demi-citron.

57 — Deux plats en ancienne porcelaine de Chine,
à décor en émaux de la famille verte, offrant au
centre des armoiries : l'un, de *Groeningen ;*
l'autre, de *Vlaenderen ;* les bordures à réserves
de figures et d'ustensiles alternées.

58 — Plat en vieux Japon, à décor en bleu, rouge
et or.

59 — Deux vases-balustres, en terre brune du
Japon.

60 — Deux grandes coupes rondes, en porcelaine du Japon, fond rouge à réserves de fleurs.

61 — Plat en porcelaine moderne du Japon.

ARMES

62 — Casque et cuirasse des cent-gardes de Napoléon III. (Avec la matelasserie.)

63 — Armure complète, style du XVIᵉ siècle.

64 — Fer de pertuisane Louis XIII, orné de gravures.

65 — Paire de pistolets Louis XIV, à deux coups, montures garnies, en cuivre ciselé et gravé.

66 — Paire de pistolets Louis XIV, montures en bois sculpté, canons gravés et garnitures en cuivre ciselé et doré.

67 — Panoplie composée de quatre épées et rapières, à corbeilles et gardes ajourées, de style Louis XIII.

68 — Épée allemande, avec fourreau et ceinturon de cuir.

69 — Couteau de chasse Louis XIV, avec lame gravée et garniture d'argent.

70 — Yatagan, avec lame gravée.

71 — Petit coffret ancien, garni de cuivre et clouté.

BRONZES ET CUIVRES

72 — Cartel Louis XV, en bronze ciselé et doré, à ornements rocailles et tiges de fleurs. Cadran au nom de *Lelubois, à Paris.*

73 — Paire de chenets Louis XV, composés de feuillages en bronze ciselé.

74 — Pendule Louis XIV, avec socle de suspension en marqueterie de cuivre, ornée de bronzes et surmontée d'un vase.

75 — Grand plat italien du xvie siècle, en cuivre repoussé et gravé.

76 — Fontaine ancienne et son bassin, en cuivre repoussé, à écusson armorié.

77 — Encensoir ancien, en cuivre.

78 — Mouchette et plateau, en cuivre.

79 — Deux landiers gothiques, en fonte de fer.

79 *bis* — Petit lustre Louis XVI, en cuivre.

MEUBLES ANCIENS

80 — Curieux coffre gothique en bois sculpté, représentant une galerie d'ogives, surmontée de

l'inscription gravée en relief: *Ave Maria plena dominus tecum.* Il est garni de ses ferrures anciennes.

81 — Coffre de mariage, de la fin du XVIe siècle, en bois sculpté, à pilastres cannelés, frise de grecques et encadrements; il offre sur la face un bas-relief: Combat de cavaliers, d'après l'antique, et un mascaron sur chaque côté. A l'intérieur, un coffret, sur le côté gauche, est également orné d'une sculpture, sujet d'après l'antique. Garniture avec ferrures anciennes.

82 — Grand meuble, de l'époque Louis XIII, en chêne sculpté, à deux portes, offrant chacune quatre hauts-reliefs cintrés, représentant des sujets tirés de l'histoire d'Adam et Ève. Les montants, les encadrements et les côtés également sculptés à figures et ornements.

83 — Grand meuble flamand en bois de chêne sculpté et bois noir; il ouvre à cinq portes et est décoré de mufles de lions, de mascarons et de moulures.

84 — Stalle à deux places en bois sculpté, à volutes. XVIIIe siècle.

85 — Secrétaire, de l'époque Louis XVI, en marqueterie de bois de couleurs. Dessus de marbre avec galerie de cuivre.

86 — Petite commode, de l'époque Louis XV, à deux tiroirs, en bois de placage, ornée de bronzes.

87 — Support-applique Louis XIV, en bois doré, orné de cariatides.

88 — Deux fauteuils Louis XIV et Louis XV.

89 — Fauteuil de l'époque Louis XVI, en bois sculpté, garni de tapisserie au petit point à fleurs.

90 — Baromètre Louis XVI, en bois sculpté et doré.

91 — Paravent Louis XIV, en toile peinte à motifs d'ornements, bustes, dais, fleurs et oiseaux.

TAPISSERIES ANCIENNES

92 — Très grande et belle tapisserie de Bruxelles du XVIIe siècle, portant le nom de M. WAUTERS, représentant un sujet biblique dans un paysage.

Elle est entourée d'une large bordure, offrant des médaillons, des groupes de fruits, des fleurs, des attributs et des animaux. Dans le haut sur un cartouche on lit : *Noe ebrius*.

Haut., 4 m. 50 cent.; larg., 7 mètres.

93 — Tapisserie flamande du xvᵉ siècle, sujet tiré
de l'histoire romaine.

Bordure à paysages, animaux et groupes de
fruits.

---

94 — Livres anciens.